UN PROSCRIT

DE

L'ILE DE BOURBON

A PARIS.

PARIS,

IMPRIMERIE DE FÉLIX MALTESTE ET Cie,

18, Rue des Deux-Portes-St-Sauveur, près le passage du Grand-Cerf.

1838.

UN PROSCRIT

DE

L'ILE DE BOURBON

A PARIS.

PARIS,

IMPRIMERIE DE FÉLIX MALTESTE ET Cie,

18, Rue des Deux-Portes-St-Sauveur, près le passage du Grand-Cerf.

———

1838.

Une action de grâces.

A L'ARRIVÉE A BOURBON DE LA NOUVELLE DE L'AMNISTIE, APPORTÉE
PAR LE NAVIRE L'*Aimable Victoire* DU HAVRE.

Oh! qu'il est matinal à saluer la rive!
    Voyez, voyez comme il arrive
      En fier triomphateur!
Ayant battu les mers, il s'offre avec l'aurore
Comme un autre beau jour qui soudain vient d'éclore...
    Gloire soit au Seigneur!

L'orient, à sa pompe, est une vaste rose
    Qui sur lui s'épanche et l'arrose
      De pourpre et de splendeur :
Ainsi, c'est un courrier de ce grand luminaire
Qui chaque jour au ciel fait redire à la terre :
    Gloire soit au Seigneur!

Des lèvres du matin comme la douce haleine
        Le presse et vers nos bords l'entraîne
            D'une amoureuse ardeur !
Sa voilure qui gonfle et qui parfois s'affaisse,
C'est un sein palpitant au bonheur qui l'oppresse...
            Gloire soit au Seigneur !

Oui, qu'il est plein d'amour le glorieux navire,
        C'est un amant qui voit sourire
            La vierge de son cœur !
C'est un blanc séraphin sur des vagues dorées
Apportant à ces bords des paroles sacrées !...
            Gloire soit au Seigneur !

Son ombre de géant qui, solitaire et vague,
        S'étend au loin, dort sur la vague
            Au sein gros de clameur,
Semble à l'œil de l'esprit une grande pensée
Qui, flottant sur des maux, calme l'ame oppressée...
            Gloire soit au Seigneur !

C'est un Français ! — Voyez, à sa corne d'arrière
        Resplendit la noble bannière
            A la triple couleur !
Du Havre, à son grand mât, voyez aussi l'emblème !...
C'est un Français qui vient, et vient de France même !
            Gloire soit au Seigneur !

Mais qu'est-ce donc, mon cœur?...Tu bondis! Tu tressailles!...
    Ne sens-tu plus de ces murailles
      L'affreuse pesenteur?...
Pourquoi ce saint transport à l'aspect d'un navire?
Oh! quel pressentiment! — je conçois ton délire!...
      Gloire soit au Seigneur!

Oui, me le dit mon ange : « Il arrive de France!...
    Prisonnier d'état... délivrance!
      Plus d'exil, ni d'horreur!
Honneur! bonheur au prince! à ce pays de gloire!
Salut! honneur! salut à l'aimable *Victoire!*
      Gloire soit au Seigneur! »

Et moi, je vais aussi m'envoler aux savanes...
    M'abattre hélas! sous ces platanes
      Où m'espère ma sœur!...
Je vais donc t'échapper, ô cruel esclavage!
Ah! je revivrai donc où vit mon parentage!
      Gloire soit au Seigneur!

A l'aspect d'un vaisseau, de mes fers trompant l'ire,
    Et mon cœur et ma jeune lyre
      Ainsi chantaient en chœur;
Mais sur moi s'allongeait le bras qui m'expatrie
Tandis qu'ils répétaient d'une voix attendrie :
      Gloire soit au Seigneur!

Un exilé sur mer.

En vain mon âme crie
Dans ces déserts de l'eau!
Tout me fuit, la patrie,
Le rocher, mon berceau!...
Ciel, onde où je balance
Triste, isolé,
Souriez d'espérance
A l'exilé!

Que n'ai-je l'aile agile
De l'oiseau que je vois?
J'irai baiser mon île
Une dernière fois!...

L'auteur de ces quatre petites pièces de poésie est un de ces jeunes hommes de couleur qui, victimes d'un inique arrêt de la Cour d'assises de l'île Bourbon, ont été, les uns condamnés à la déportation, les autres à la détention, sous le spécieux prétexte de complot contre la vie ou la propriété des colons.

On sait aujourd'hui que ce fameux complot bâti, dans l'acte d'accusation par M. le procureur-général Ogé-Barbaroux, n'a de vrai que la vive sympathie que ces victimes éprouvaient pour la grande question qui occupe maintenant en Europe tous les esprits : *l'abolition de l'esclavage.* C'est donc pour avoir formé des vœux chrétiens, pour avoir manifesté des opinions dans des conversations privées, en faveur de l'abolition de l'es-

clavage, que l'auteur de ces poésies a été arraché à sa famille, traîné en prison, et, après huit mois de préven-
tion, condamné à la déportation; et, si la promulgation
de la loi d'avril modificative du code pénal de 1810 avait
été retardée de quelques jours seulement dans la colonie de Bourbon, *sa tête*, ainsi que le lui a dit M. Ogé-
Barbaroux, *eût été tranchée par la hache du bourreau.*

On sait encore que le recours en cassation est interdit
en matière criminelle, à l'île Bourbon; ainsi, condamné
injustement et contre toutes les formes de procédure, il
ne lui pas été possible de déférer à la censure de la Cour
de cassation un arrêt entaché de vices de fond et de for-
me, et qui eût démontré encore une fois à la France
combien les magistrats des colonies se jouent impuné-
ment de la vie et de l'honneur des citoyens.

Jeté, après l'arrêt de la Cour d'assises du 3 août 1836,
dans une espèce de cul de basse-fosse, à 4000 lieues
de la France, il lui fallait gémir dans le silence, sous
l'horrible perspective de toute une vie de tombeau.
C'est dans ces entrefaites qu'arriva à Bourbon la nouvelle de l'amnistie. L'honorable député de Luçon,
M. Isambert, qui déjà avait examiné les pièces de cette

épouvantable procédure, demanda au gouvernement que l'ordonnance d'amnistie du 8 mai 1837 étendît ses effets sur les condamnés politiques des colonies françaises. Grâce à ses vives et généreuses réclamations, une décision du 18 juin la rendit applicable aux colonies. Les condamnés de la Grand'Anse, à la Martinique, purent rentrer dans leurs foyers, au sein de leur famille. M. le ministre de la marine, par sa dépêche du 23 juin, fit connaître au gouverneur de l'île Bourbon qu'il y avait lieu de mettre immédiatement en liberté les citoyens compris dans l'arrêt de la Cour d'assises de Saint-Denis, du 3 août 1836. Mais contrairement à l'esprit de l'amnistie et à la volonté du roi, qui ordonnaient la mise en liberté des condamnés, les administrateurs de Bourbon en ont jugé autrement ; ils ont converti cet acte de clémence royale en un bannissement de sept années de la colonie, de telle sorte que ceux des condamnés qui n'avaient été frappés par arrêt que de cinq années de détention, qui déjà avaient subi une grande partie de cette peine, se trouvent aujourd'hui sous le coup d'une proscription administrative de sept années.

Dans cet état de choses, ils ont demandé à être transportés en France, en France où ils espèrent trouver justice contre cet acte arbitraire et d'iniquité de nouvelle espèce ; ils sont à Paris depuis peu de jours, attendant avec confiance et forts de leurs droits que cette justice leur soit rendue.

Le Bengali.

A UN PETIT OISEAU QUI ÉTAIT CAPTIF DANS LA MÊME
PRISON QUE MOI.

Le doux rubis qui brille à ta prunelle
Roule sur moi d'un œil triste et pensif!...
Oui, comme toi j'ai vu briser mon aile,
Et, faible oiseau, je reste ici captif...
Mais de ta voix j'entends le chromatique
  Mélancolique
  Et si joli!
Chante toujours; comme ta voix touchante
  Mon âme chante,
  O Bengali!...

L'oreille et l'âme ouverte à ton ramage,
Les yeux collés aux mailles de tes fers,
Oui, chaque jour je me fixe à ta cage
Tel qu'un enfant que raviraient tes airs!...

Mais de ta voix j'entends le chromatique
      Mélancolique
      Et si joli !
Chante toujours ; comme ta voix touchante
      Mon âme chante,
      O Bengali !...

Ton chant perlé coule d'un bec de rose ;
De pourpre et d'or ton corps est pailleté :
Hélas ! pourtant ne serait-ce la cause
De ton malheur, de ta captivité ?...
Mais de ta voix j'entends le chromatique
      Mélancolique
      Et si joli !
Chante toujours ; comme ta voix touchante
      Mon âme chante,
      O Bengali !...

Oui, dans les champs, triste objet de l'envie,
Tu fus pipé par de méchans oiseaux ;
Car, mon ami, ton innocente vie
N'a jamais dû mériter ces barreaux !...
Mais de ta voix j'entends le chromatique
      Mélancolique
      Et si joli !

Chante toujours; comme ta voix touchante
  Mon âme chante,
   O Bengali!...

Ah! gémissant aux bois de la campagne,
De cette geôle entendrais-tu ta sœur?
Entendrais-tu la voix de la compagne
Qu'un pur amour octroyait à ton cœur?...
Mais de ta voix j'entends le chromatique
  Mélancolique
   Et si joli!
Chante toujours; comme ta voix touchante
  Mon âme chante,
   O Bengali!...

Cet incarnat dont rayonne ta plume,
Qui se colore et pâlit tour à tour,
Est-ce un reflet de ton sein qui s'allume
Aux doux baisers du soleil de l'amour?...
Mais de ta voix j'entends le chromatique
  Mélancolique
   Et si joli!
Chante toujours; comme ta voix touchante
  Mon âme chante,
   O Bengali!...

Tu vois des fers; ton nid veut la verdure!...
Ta douce amie est-elle à ta prison?
Ah! pour nos cœurs maudite est la nature!
D'amour pour nous maudite est la saison!...
Mais de ta voix j'entends le chromatique
      Mélancolique
      Et si joli!
Chante toujours; comme ta voix touchante
      Mon âme chante,
      O Bengali!...

Ciel, onde, où je balance
Triste, isolé,
Souriez d'espérance
A l'exilé!

Blanche écume qui nage,
Que ne puis-je, ô bonheur!
Regagner cette plage
Où j'ai laissé ma sœur!...
Ciel, onde, où je balance
Triste, isolé,
Souriez d'espérance
A l'exilé!

Oh! quelle antipathie
M'arrache encore aux miens.
Quand la sainte amnistie
Frappe et brise mes liens!...
Ciel, onde, où je balance
Triste, isolé,
Souriez d'espérance
A l'exilé!

Pleurant sur nos misères,
Je soulageais des meaux;
Et de coupables frères
M'ont creusé des tombeaux!...

Ciel, onde, où je balance
    Triste, isolé,
Souriez d'espérance
    A l'exilé!

Mais taisons-nous, ma peine!
Cessons de soupirer!
Pour apaiser la haine
A quoi sert de pleurer?...
Ciel, onde, où je balance
    Triste, isolé,
Souriez d'espérance
    A l'exilé!

Elle aiguise ses armes
Aux maux qu'elle produit,
Et se gonfle des larmes
De ceux qu'elle poursuit!...
Ciel, onde, où je balance
    Triste, isolé,
Souriez d'espérance
    A l'exilé!

Adieu, berceau, montagnes,
Tombeaux de mes aïeux!
Et vous, douces compagnes
De mes tourmens! Adieu!...

Ciel , onde, où je balance
    Triste, isolé ,
Souriez d'espérance
    A l'exilé !

Soufflez, brise orageuse !
Poussez mon faible bois
Vers cette plage heureuse
Où le faible a des droits !...
Ciel, onde, où je balance
    Triste, isolé,
Souriez d'espérance ,
    A l'exilé !

Celui qui donne asile
Au frêle oiseau du nid
Va bien rendre à son île
L'humble enfant qu'on bannit !
Ciel , onde , où je balance
    Triste, isolé,
Souriez d'espérance
    A l'exilé !

Le ciel est ma couronne !
La mer, mon marchepieds !
L'infini m'environne
Et sur lui je m'assieds !...

Ciel, onde, où je balance
Triste, isolé,
Souriez d'espérance
A l'exilé!

Ainsi, loin de la terre,
S'exilant chez les Francs,
Une voix insulaire
Exhalait ses accens;
Un esprit doux, immense,
D'azur voilé,
Souriait d'espérance
A l'exilé!

A la France.

Salut, phare du monde! O salut, noble France,
Foyer de liberté, d'amour et d'espérance
        Où se ranime un cœur!
Enfant proscrit de peau d'un rocher d'esclavage
Je viens, courbé d'exil, sur ta loyale, plage
        Reposer mon malheur!

Etoile aux rayons d'or dans mon âme enchassée,
Tu vins naître et briller au sein de ma pensée
        Dès mes plus tendres ans;
Et contre un astre impie aux noirs reflets d'injure
Illuminant mon ciel de ta beauté si pure
        Tu protégeas mes sens!

Aussi l'hydre insulaire à mon droit ennemie
Pour piétiner mes jours, pour amaigrir ma vie
        Se tordait-elle en vain?
Si d'un lait qui nourrit sa dent frustra mon âme,
De ton sein, malgré tout, un céleste dictame
        Découla dans mon sein.

Mais le monstre bouffi d'un miel de priviléges
Est tombé bruyamment des mornes sacriléges.
        Là qu'il pesait sur moi!
Et les flancs des rochers, la caverne sonore
De son éboulement retentissent encore!
        Honneur et gloire à toi!

Oui, gloire, gloire à toi! — que maintenant l'on crie :
« C'est un nègre, un mulâtre, il n'a point de patrie! »
        Moi, je brave ces cris!
Car tout en arrachant mon maillot de misère
M'adoptant pour un fruit de ton beau sein de mère,
        Tu réponds : « c'est mon fils! »

Oui, tu dis bien, ton fils!... moi je pleure à tes larmes!
Mon cœur chante à ta joie et de tes nobles armes!
        Il grandit au succès!
Si de ma peau d'ailleurs la teinte est africaine
Le regard qui pénètre au réseau de ma veine
        Y voit du sang français!

Pour qui donc, ô bourreau, prépares-tu ta hache?
Et pourquoi tant d'ardeur à cette horrible tâche
        Que tu fais à mes yeux?
Oh! la France a parlé!... tu n'auras pas ma tête,

Pour servir au festin, pour décorer la fête
          Que demandent tes dieux!

Quoi! tu ne pouvais donc que vivre de ma ruine?
Quand mon sang t'échappait, tu dis, troupe assassine,
          « Qu'il meure dans le fort! »
Mais réclamant mes jours à ta cruelle serre
Quelle voix tout-à-coup a brisé comme un verre
          Tous tes projets de mort?...

Sois, sois toujours bénie, ô toi, France nouvelle!
Toi qui, domptant nos lions, m'a retiré sous l'aile
          De ta maternité!
Toi qui dans mes tombeaux fus mon ciel d'espérance.
Et qui viens d'être enfin l'ange de délivrance
          A ma captivité!

Qu'avais-je pourtant fait à ma rive africaine
Pour mériter enfin cette horrible géhenne
          Ouverte sous mes pas?
O roi de tous les maux, infernal esclavage,
Quel jour va donc finir les pleurs et le ravage
          De ton règne ici-bas?...

Verra-t-on à jamais l'humanité captive
De son sang sous ta verge engraisser une rive
          Où du christ est la Croix?

Quoi! verra-t-on toujours au sein des colonies
De la fraternité tes noires tyrannies
    Étouffer toute voix?

Ah! j'ai vu des vieillards, oubliant leur tristesse,
Courir à ma prison, larmoyer d'allégresse!...
    Je pleurais à les voir!
Au nom de l'amnistie, ils pensaient en eux-même
Qu'on leur rendrait les fils de leur tendresse extrême...
    Mais erreur! vain espoir!...

Plus tard, quel scène au cœur! percés du trait qui glace,
Brisant leurs blancs cheveux, ils tombaient sur la face
    Et sanglotaient ces mots :
— Au nom de tout au monde en vain donc on implore!
La France nous les rend, on nous les prend encore!
    Ah! que d'affreux tombeaux!...

— Et toi, ma pauvre sœur! ta vierge de prière
Qui, pleurante, disait : « Ah! rendez-moi mon frère!
    « C'est mon soutien à moi! »
— Mais pourquoi pleurais-tu?... dans les eaux de tes larmes
La haine inassouvie a retrempé ses armes,
    Et je vis loin de toi!

Oui, mais dans cet exil, triste enfant de navire
Que l'ouragan conduit, mais qu'il jette et chavire

Sur des bords généreux,
Je me vois déposé sur la rive bénie
Qui douce aux opprimés, dure à la tyrannie
Va nous rendre à nos vœux !...

— Oh ! que vois-tu, mon œil, et quelle est cette femme
Qui de ces verts mangniers accourt d'un pied de flamme
Au devant de mes pas ?...
Oui, c'est elle !... ô malheur ! que tu l'as abîmée !...
Vieus reposer sur moi ! viens, ô sœur bien-aimée,
T'abattre dans mes bras !

Regarde et vois ces traits tout épanouis d'aise !
Calme-toi ! plus d'exil ! la loyauté|française
Me rend à toi, ma sœur !
Courons d'amour, de joie et de reconnaissance,
Allons sous le vieux toit rendre grâce à la France
Et bénir le Seigneur !

— Mais quel est cet émoi des campagnes prochaines ?
Qu'entends-je ? un cliquetis, des craquemens de chaînes !
Et puis des cris joyeux !
Et quoi ! des chants d'amour, des concerts d'allégresse
Ont remplacé le fouet et les chants de tristesse
Qui remplissaient ces lieux ?...

Collines de Bourbon! collines orgueilleuses!
Fléchissez! abaissez vos têtes rocailleuses !
Courbez, courbez le dos!
Car voici le Seigneur qui comble les vallées,
Et par d'augustes mains vous êtes nivelées
Aux plus humbles coteaux!

L.-T. HOUAT.

Paris,   Avril 1838.